롱펠로 시집

범우문고 072

# 롱펠로 시집

롱펠로 지음 / 윤삼하 옮김

범우사

차례

이 책을 읽는 분에게 · 9

## 1 인생 찬가

밤의 송가頌歌 · 21
인생 찬가 · 23
별빛 · 26
4월의 하루 · 29
추수하는 이와 꽃 · 31
마을 대장장이 · 33
5월은 잠깐 · 36
비 오는 날 · 38
하느님의 땅 · 39
겨울 숲 · 41
찰스 강에게 · 43
인생의 한가운데 서서 · 46
한밤에 노래하는 노예 · 48
경고 · 50
세레나데 · 52
어두운 늪에 숨은 노예 · 54
다리 · 56
떠도는 구름에게 · 60
화살과 노래 · 64
날은 저물고 · 65
어느 2월의 오후 · 68
저녁 별 · 70
눈(雪) 십자가 · 71

## 2 아메리카 시초詩抄

에반젤린 · 75

체념 · 78

황혼 · 82

장작불 · 84

모래시계 안에 갇힌 사막의 모래 · 87

열린 창문 · 90

시인들 · 92

하이어워사의 항행 · 94

케임브리지의 교회 묘지에서 · 99

햇빛과 달빛 · 101

잃어버린 어린 시절 · 103

새벽 · 108

눈송이 · 110

만남 · 112

아이들 · 114

여론 · 117

변화 · 118

시냇물과 파도 · 119

그루갈이 · 120

## 3 영원한 서장序章

초서 · 123
셰익스피어 · 124
키츠 · 125
밀턴 · 127
바닷소리 · 128
여름날의 바닷가 · 129
파도 · 130
잠 · 131
이름 없는 무덤 · 133
그림자 · 134
자연 · 135
초가을 달 · 136
부러진 노 · 137
성문 위 누각 · 138
파도는 일고 파도는
갈앉고 · 141

밤 · 142
마음의 가을 · 143
저녁 종 · 144

연보 · 147

## 이 책을 읽는 분에게

헨리 워즈워스 롱펠로(Henry W. Longfellow, 1807~1882)는 미국뿐만 아니라 전세계적으로 가장 널리 알려져 있는 시인 가운데 한 사람이라고 말할 수 있다. 그에 대해서 흔히 두 가지 영상을 떠올릴 수 있는데 하나는 백발의 노시인으로서 성자聖者다운 거룩한 모습이고, 또 하나는 하버드 대학의 외국어 교수로서 많은 외국 여행을 경험한데다 학생들을 사로잡는 젊고 패기에 넘치는 학자 시인의 모습이다.

또한 그는 '화롯가의 시인', '교실의 시인'이라고 불릴 만큼 미국의 국민 시인으로 존경받아 왔을 뿐만 아니라 유럽에서는 미국의 민간 대사 역할을 했을 만큼 큰 명성을 얻었다.

그는 모교인 보든 대학의 교수가 되기 위해 필요한 외국어 습득을 목적으로 유럽을 여행하였고 독서와 여러 가지 많은 경험을 쌓으며 시인으로서뿐만 아니라 학자로서의 토대를 든든하게 했다.

그가 하버드 대학의 교수가 되기 위해 떠났던 두 번째 유럽 여행 중에 당한 그의 아내 메리(1835)의 죽음은, 일찍이 젊은 시인에게 인생의 쓰라림을 맛보게 했다. 그러나 하버드에서의 교수 생활은 시와 산문의 집필 등 작가로서도 매우 활발한 활동을 할 수 있게 해주어, 그의 첫시집 《밤의 목소리》(1839)를 출판하게 했다. 이 시집에 실린 그의 대표적인 시 〈인생 찬가〉는 실망과 후회보다는 신념과 용기의 찬미이며 짧은 인생을 적극적으로 살도록 권고하는 젊은 가슴의 외침이라고 할 수 있다.

그의 생애에 대해서는 연보에 자세히 언급되어 있거니와 그가 태어난 동북부의 메인 주에 위치한 포틀랜드는 바닷가여서, 그곳에서 어린 시절을 보낸 롱펠로는 바다를 무척 좋아했다. 그의 시에는 바다의 밀물과 썰물, 난폭함과 고요함, 둥둥 떠다니는 해초와 난파선 등이 인생에 대한 메타포〔隱喩〕로 사용되고 있다.

1854년 그가 교수직에서 물러나 시작詩作에만 전념하게 되었을 때 시인과 교수 사이의 오랜 갈등을 비로소 해소할 수 있었다. 그의 두번째 결혼 선물로 얻은 케임브리지의 크레이기 하우스는 문인들의 순례지가 되었는데, 영국의 소설가 찰스 디킨스를 위시하여 많은 문인들이 이곳을 방문하였다.

그는 애플튼과 재혼한 후 2남 4녀를 낳기까지 18년 동안 다른 사람들의 부러움을 살 정도로 단란한 가정 생활을 영위했으나 네 살 난 딸 패니의 죽음을 당한 후 그의 두번째 아내 애플튼마저 잃는 불행을 겪었다.

1861년 7월 9일 아내는 두 딸의 머리타래를 보관할 상자를 밀납으로 봉하다가 잘못 튄 불꽃이 치마에 붙어 결국 얼굴과 손에 화상을 입고 다음날 죽음에 이르렀다. 롱펠로 자신도 불을 끄다가 화상을 입고 아내의 장례식에도 참석을 못할 지경이었다. 그의 슬픔은 너무나도 컸으나 될수록 겉으로 드러내지 않고 그것을 속으로 감추며 살았다. 그는 그로부터 18년 후에야 〈눈 십자가〉라는 소네트에서 짤막하게 이렇게 노래했다.

> 잠 못 이루는 긴 밤
> 문득 벽에서 한 상냥한 얼굴이
> 죽은 지도 오래 된 그 사람 얼굴이
> 나를 바라보네.

롱펠로는 분명히 격정의 시인은 아니다. 그는 조용하고 부드럽게 때로는 감미로운 음악으로, 때로는 선명한 그림으로 그의 마음속에 떠오르는 것을 나타낸다. 그는 그가 사랑한 인생을 찬미했으며 인간으로서의 연민을 노래했다. 그의 유명한 〈화살과 노래〉와 같이 가슴에서 우러나오는 노래가 곧 그의 시인 것이다. 그가 35세에 썼지만 사후死後에 발표된 〈인생의 한가운데 서서〉를 보자.

> 내 인생의 반이 벌써 지났는데
> 세월만 헛되이 흘러가고
> 젊은 시절 꿈꾸던 것 하나도 이루지 못했구나.
> 드높은 성벽 위에 노래의 탑 쌓으려던 그 꿈!

〈날은 저물고〉라는 시에서는 좀더 적나라하게 그의 소박한 시론을 펼친다.

> 내게 좀더 소박한 시인의 노래를 들려다오.
> 여름날 구름에서 소나기 쏟아지고
> 눈에서 눈물 솟아나듯이
> 가슴에 용솟음치는 그런 노래를.

역시 낭만주의 시인다운 목소리를 들려준다.

그는 또한 능란한 이야기 시인이다. 두 남녀의 숭고한 사랑을 그린 〈에반젤린〉은 수많은 사람들을 감동시켰고, 한 용감하고 현명한 인디언 추장의 무용담을 그린 〈하이어워사의 노래〉, 그리고 보스턴 근처의 주막을 배경으로 음악가, 유태인, 시인, 신학자, 젊은 하버드 대학생, 주막 주인 등이 엮어내는 21개의 이야기 및 전설을 모은 〈웨이사이드 주막 이야기〉 등은 비록 낡은 소재라 할지라도 새롭게 감동적으로 그려내는 그의 설화적 재능을 엿볼 수 있다. 이들은 시로서보다 미국적인 신화를 창조했다는 데 그 중요성을 갖는다.

이야기꾼으로서의 그의 재능과 함께 롱펠로는 발라드풍의 시를 좋아했으며 그의 시가 대부분 4행으로 되어 있는 것도 발라드의 영향일 것이다. 발라드란 본래 시 속에 이야기를 담은 것으로 하나의 이야기를 극적으로 다루면서 작자의 개인적인 정서보다는 민중들이 공유한 보편적인 감정을 그리는 것이므로 롱펠로의 발라드도 그의 민중 시인으로서의 면모를 보여준다. 그 대표적인 것이 〈마을 대장장이〉이다.

> 힘이 장사인 대장장이는
> 크고 마디 굵은 손에
> 억센 팔뚝의 근육이
> 무쇠같이 단단하네
> 머리는 길고 검은 곱슬머리
> 얼굴은 햇빛에 탄 황갈색
> 이마는 정직한 땀에 젖은
> 제 손으로 벌어 먹고 사는 사람.

그 밖에 소네트(14행시)와 같은 간결한 형식을 즐겨 사용하고 있는 것은 아무래도 그가 서정 시인이기 때문이며 그만큼 그의 시는 많은 사람들에게 읽힐 수 있는 요소를 담고 있다고 하겠다. 그가 비록 사회 문제에 대한 직접적인 논평이 담긴 시를 쓰지는 않았지만 노예제도와 전쟁을 반대하는 시들을 여러 편 남기고 있는 것은 인간에 대한 시인으로서의 연민 때문이다. 〈어두운 늪에 숨은 노예〉, 〈한밤에 노래하는 노예〉, 〈케임브리지의 교회 묘지에서〉, 〈이름 없는 묘지〉 등이 그런 시들이며 노예폐지론자들의 강력한 주장보다는 노예에 대한 동정심을 우러나오게 하고 있다.

롱펠로는 한 마디로 말해서 온화한 시인이다. 이러한 그의 기질 때문에 그가 사회적 관심이 부족하다든지 너무 교훈적이고 학자적인 점잖은 시인이라든지 감상感傷적이고 낙천적인 시인이라는 혹평을 받았는지도 모른다. 롱펠로 자신이 그를 과소평가하는 비평가들에 대하여 이렇게 언급한 바 있다.

'비평가들은 흔히 딱따구리와 같아서 나무의 열매와 그늘을 즐기는 대신 끊임없이 나무줄기를 맴돌며 작은 벌레를 찾으려고 껍질에 구멍을 쪼고 있는 셈이다.'

당대에는 우상이었던 롱펠로가 20세기 초에 평가절하平價切下의 수난을 당해야 했던 것은 사실이다. 그러나 그의 다정다감하고 확신이 담긴 낙천적인 태도와 우아하고 단순

한 도덕적 열정에 사로잡힌 그의 시를 거부할 이유는 없다. 더구나 미국의 전통에 관심을 가지고 유럽적인 주제를 미국의 풍토에 알맞게 접목시키려는 그의 노력과, 민중의 정서를 노래하고 국민 서사시와 이야기 시를 실험한 그의 공로를 어떻게 인정하지 않을 수 있겠는가. 소설가 헨리 제임스도 그를 유럽 문화와 미국 문화를 잘 조화시킨 시인이라고 찬양한 바 있다.

세계적인 그의 명성은 영국의 옥스퍼드와 케임브리지 대학이 그에게 학위를 주었고 스페인 왕실 아카데미의 회원 임명과 웨스트민스터 사원의 시인묘지에 세워진 그의 흉상으로 과히 입증되고도 남는다. 따라서 그를 과소평가하는 목소리들은 그에게 갈채를 보내는 대세에 압도되었다고 해도 과언이 아니다.

다만 이 소시집에서는 그의 긴 이야기 시들을 다 싣지 못한 것을 유감으로 여기며 역자의 주관에 따라 다소 '감상적'이고 '교훈적'인 시들이 포함되었다. 번역은 가능한 한 원문 그대로를 살려 심한 의역보다는 직역에 충실하려고 했으며 시의 행수도 똑같이 맞추려 했다. 혹 번역에 있어 잘못된 점은 서슴없이 지적해 주기 바란다. 텍스트로는 《The Poetical Works of Longfellow, Oxford University Press, 1957과 Edmund Fuller, ed. Poems of Henry Wadsworth

Longfellow, New York: Thomas Y. Crowell, 1967》을 사용했으며 배열 순서는 연도순으로 된 앞의 책을 따랐다.

윤삼하(시인 · 전 홍익대 교수)

롱펠로 시집

# 1
# 인생 찬가

## 밤의 송가頌歌

한나는 대리석 대청마루를 스치는
'밤'의 옷자락 소리를 들었네!
천국의 성벽을 타고 내리는
빛의 테를 두른 검은 치맛자락을 보았네!

하늘에서 나를 향해
맘껏 허리 굽힌 그대 있음을
사랑하는 그 사람처럼
고요하고 장엄한 '밤'의 존재를 알았네.

나는 음산한 방 안을 가득 채우는
옛 시인의 노래처럼
슬픔과 기쁨으로 어우러진
부드러운 노랫가락을 들었네.

한밤의 서늘한 숨결로부터
내 영혼은 평안을 들여 마셨네.

여기 영원한 안식의 샘물 흐르는
깊은 우물 속.

오 거룩한 '밤'이여! 난 그대로부터
인간이 견디어 온 그 인내를 배우노라.
그대가 '근심'의 입술에 손가락을 갖다 대면
금세 불평은 사라지나니.

'평화'여! '평화'여! 난 오레스테스˚처럼
기도를 외치나니! 큰 날개를 타고 내려오라.
간절히 기다리는 고마운 손님
가장 아름답고 사랑스런 '밤'이여!

---

* 그리스 신화 속의 인물. 아가멤논과 클리템네스트라의 아들. 아버지를 살해한 간통한 어머니를 죽인 죄로 복수의 신에게 쫓겨 광인狂人이 되었다가 회복함.

# 인생 찬가<sup>*</sup>

인생은 한낱 헛된 꿈이라고
내게 슬픈 노랠랑 부르지 말라!
잠자는 영혼은 죽은 영혼
사물은 보기와는 다른 것.

인생은 참된 것! 인생은 진지한 것!
무덤만이 그 목표는 아니어라.
그대 흙이니 흙으로 돌아가라는 것은
우리 영혼을 두고 한 말은 아니리라.

우리가 가야 할 길 그 끝닿은 곳은
즐거움도 슬픔도 아닌
다만 내일의 하루하루가
오늘보다 더 멀어지게 하는 것일 뿐.

---

* 이 시는 한 젊은이가 '구약성서'의 '시편'의 작자 다윗에게 말하는 것으로 되어 있음.

예술은 길고 세월은 덧없어라.**
우리의 가슴은 든든하고 용기로 차 있으나
감싸인 북처럼 무덤을 향해
오늘도 장송곡을 울리고 있도다.

이 세상의 넓은 싸움터에서
인생의 야영장에서
그대 말없이 쫓기는 가축의 무리가 되지 말고
싸움에 앞장서는 영웅이 되어라!

아무리 즐거움 있을지라도 미래를 믿지 말라!
죽은 과거는 그만 묻어 버려라!
그리고 행동하라—살아 있는 현재를 위하여 실행하라.
안으론 젊은 가슴이 있고 위로는 하느님이 계시니.

위대한 사람들의 생애가 말해 주노니.
우리도 숭고한 삶을 누릴 수 있고
이 세상 떠날 때 시간의 모래 위에
우리 발자국을 남길 수 있노라고.
아마도 누군가 우리 형제가

---

** 히포크라테스의 말.

인생의 엄숙한 행로를 달리다가
난파되어 절망에 빠질 때
다시 마음 가다듬게 하는 그런 발자국을.

자, 우리 일어나 일을 하자.
어떤 운명이 닥쳐올지라도
기꺼이 이룩하고 추구하면서
수고하고 기다리는 것을 배우자.

## 별빛

밤이 다가왔다. 너무 이르지 않게
조용히 아주 조용히
작은 달이 가라앉으며
하늘 뒤로 사라졌다.

땅에도 하늘에도 빛이 없다
차가운 별빛밖에는.
밤의 첫 파수꾼은
붉은 별 화성의 차지.

그건 부드러운 사랑의 별인가?
사랑과 꿈의 별인가?
아 아니! 저 푸른 천막 위에
번쩍이는 한 영웅의 갑옷이겠지.

저녁 하늘에 매달린
저 붉은 별의 방패를

멀리 바라보고 있노라면
마음속 깊은 생각들이 떠오르나니.

오 힘의 별이여! 그대는 서서
내 아픔을 비웃고 있구나.
그대 갑옷에 덮인 손으로 나를 손짓하면
나는 또다시 힘을 얻노라.

내 가슴속엔 빛이 없다
차가운 별빛밖에는.
밤의 첫 파수꾼은
붉은 별 화성의 차지.

정복되지 않는 의지의 별,
고요하고 결연한
말없고 침착한 그 별이
내 마음속에 떠오른다.

이 짧은 시를 읽는 그대
또한 누구라 해도
그대 희망 하나하나 사라져 갈 때
굳센 의지로 냉정을 찾으라.

이 세상 무엇이든 두려워 말라.
그러면 그대 머지않아 알지니
괴로워하며 굳세어지는 것이
얼마나 숭고한가를.

## 4월의 하루

씨 뿌리고 거두어들이게 하는
따스한 태양이 다시 돌아와
고요한 숲을 찾으며
들판에 맨 먼저 피는 꽃을 바라보는 즐거움.

숲 사이 빈터에도 가득 찬 밝은 햇살
이제는 폭풍우 몰고 올
검고 짙은 구름도 없는
나는 이 시절을 좋아한다.

눈 녹아 부스러진 흙으로부터
어린 나무들 맘껏 양분을 빨아들여
겨울 추위에 웅크렸던 나무들도
또다시 생기를 얻는다.

상쾌한 숲속엔 부드럽게 지저귀는 새소리
숲 사이 빈터

쏟아지는 햇살에 번쩍이는
새들의 빛나는 날개.

밝은 황혼이 은빛 숲을
빨갛게 물들일 때
초록색 언덕은 그림자를 길게
계곡에 던진다.

밤이 되자 하늘은
푸른 호수 속에 움푹 꺼지고
달도 한쪽 귀퉁이를 물에 담궈
이윽고 반짝이는 수많은 별들.

검은 바위들은 물속에
거꾸로 떨리는 그림자를 드리우고
고운 나무들도 나란히 서서
물속에 비친 제 모습을 들여다본다.

아름다운 4월이여!
가슴에 파고드는 수만 가지 생각들이여!
가을이 찾아와 인생의 황금 열매 떨어지기까지
그대들 멈추지 말아다오.

## 추수하는 이와 꽃
### —죽음의 찬가

여기 죽음이라는 이름을 가진
한 추수하는 이가 있어
예리한 낫으로 단숨에
곡식과 그 사이에 핀 꽃들을 베어 냈네.

"이 예쁜 꽃은 그냥 둘걸,
수염 난 곡식만 가져갈걸!
내게도 이 꽃들의 향기는 좋지만
이들을 다시 돌려줘야지." 그가 말했네.

그는 눈물어린 눈으로 꽃을 바라보며
시들어 풀 죽은 이파리에 입을 맞추었네.
이 꽃들은 천국에서 자라는 것
그러기에 조심스레 다발로 묶어 주었네.

"주님께선 이 예쁜 꽃들이 필요하실 거야.
이 세상의 사랑스런 선물

주님도 여기 한때 어린이가 되셨지."
그는 이렇게 중얼거리며 웃음지었네.

"이 꽃들을 정성스레 옮겨 심으면
그 빛의 나라에서 활짝 피겠지.
그러면 흰옷 입은 성자들이
이 거룩한 꽃을 옷깃에 꽂아 주겠지."

그는 어머니처럼 가슴 아파 눈물지으며
이 소중한 꽃들을 내주었지만
그 빛의 나라에서 다시 볼 수 있을 것을
진정 알고 있었네.

오, 그날 와서 곡식을 거두는 이는
결코 잔인한 일도, 성낼 줄도 모르는
이 푸른 대지에 찾아와
꽃들을 베어 간 천사였네.

## 마을 대장장이

가지 늘어뜨린 밤나무 아래
마을 대장장이 서 있네.
힘이 장사인 대장장이는
크고 마디 굵은 손에
억센 팔뚝의 근육이
무쇠같이 단단하네.

머리는 길고 검은 곱슬머리
얼굴은 햇빛에 탄 황갈색
이마는 정직한 땀에 젖은
제 손으로 벌어 먹고 사는 사람.
누구에게도 빚진 일 없으니
세상을 바로 보고 사는 사람.

한 주일 내내 아침부터 밤까지
풀무질 소리 들리네.
무거운 쇠망치를 휘두르며

박자 맞추어 치는 소리.
마치 해질녘의 종지기가
마을 종을 울리는 소리와도 같네.

학교에서 돌아오는 아이들이
열린 문으로 들여다보네.
타오르는 용광로와
시끄러운 풀무질 소리
타작 마당의 왕겨처럼
날아오르는 불꽃을 잡고 즐거워하네.

일요일이면 그는 교회에 나가
아이들과 함께 앉아서
목사님 기도와 설교를 듣네.
성가대에서 노래하는
딸의 목소리에
그의 마음 한없이 즐거워지네.

딸의 목소리는 그애 엄마의 목소리
천국에서 노래 부르는 소리!
그녀가 어떻게 무덤에 누워 있는지
다시 한 번 죽은 아내를 생각하네.

어느덧 그의 눈에 고인 눈물을
딱딱하고 거친 손으로 문지르네.

일하며—즐거워하며—슬퍼하며
오늘도 묵묵히 살아가네.
아침에 시작한 일
저녁에 끝마치고
꾀했던 일 이룬 보람으로
한밤의 휴식을 얻네.

고마워라, 고마워. 내 소중한 친구여.
그대 내게 준 가르침!
활활 타는 용광로 속에
우리들의 운명은 만들어지는 것.
우리의 불타는 행위도 생각도
소리나는 모루 속에서 다듬어지는 것!

# 5월은 잠깐

햇빛 밝고 공기도 맑은데
날쌘 제비들 하늘 치솟으며 지저귀네.
장엄한 느릅나무 가지에선
봄을 알리는 파랑새의 노랫소리.

파랗게 굽이쳐 흐르는 강물은
하늘에서 흘러내린 듯,
닻을 내린 무거운 구름들이
서쪽 바람 불어오기만을 기다리네.

만물은 새롭네.
새싹도, 느릅나무를 덮은 잎사귀들도
처마 밑에 남아 있는 새둥지에도
지난해의 새들은 보이지 않네.

모두가 젊음과 사랑을
처음 맛보는 그 기쁨을 맘껏 노래하네!

밤이면 포근한 하늘에서 녹아 내리는
부드러운 손길을 느끼네.

소녀야, 그대 이 짧은 시를 읽거든
지체 말고 젊음을 즐겨라.
한창 때의 향기로움을 맘껏 누려라.
아, 5월은 잠깐이니!

사랑과 젊음의 봄을 맘껏 즐겨라.
나머지는 천사들의 것.
세월이 머지않아 그대에게 일러주리라
지난해의 둥지엔 어느덧 새들이 보이지 않는다는 진리를!

# 비 오는 날

날은 춥고 쓸쓸한데
비 내리고 바람 그칠 줄 모르네.
담쟁이덩굴은 무너져가는 담벼락에 아직도 매달린 채
바람이 세게 불 때마다 잎이 떨어지고
날은 어둡고 쓸쓸하기만 하네.

내 인생도 춥고 어둡고 쓸쓸한데
비 내리고 바람 그칠 줄 모르네.
무너져 가는 과거에 아직도 매달린 생각들
젊은 시절의 갈망들이 바람에 우수수 떨어지고
날은 어둡고 쓸쓸하기만 하네.

진정하라, 슬픈 가슴이여! 투덜거리지 말라.
구름 뒤엔 아직도 태양이 빛나고 있으니
너의 운명도 모든 사람의 운명과 다름없고
어느 삶에든 얼마만큼 비는 내리는 법
어느 정도는 어둡고 쓸쓸한 날들이 있는 법!

## 하느님의 땅

묘지를 하느님의 땅이라고 부른
옛 색슨인들의 말을 나는 좋아하노라. 과연 맞는 말!
성벽 안의 무덤 하나하나를 거룩하게 하고
잠든 영혼에게 축복을 내리지 않는가.

하느님의 땅! 그렇다. 이 축복받은 이름은
무덤 속에 잠든 영혼들에게 위안을 주느니.
이들은 이미 제것이 아닌
가슴에 쌓아 둔 생명의 양식
그 씨앗을 뿌렸도다.

우리는 이 밭고랑에 던져져
위대한 추수날 대천사의 나팔소리가
키질하여 쭉정이와 낟알을 골라낼 때
다시 일어나리란 굳은 믿음을 갖노라.

그때 선한 자들은 다시 태어나

아름다운 정원에서 영원한 꽃으로 피어나리.
그 향기 밝은 빛과 어울려
이 땅 위에 피지 않은 꽃일레라.

죽음이여! 그대 거친 쟁기로 흙을 파헤쳐
우리가 뿌리는 씨앗들을 위해 고랑을 만들어라.
이곳은 우리 하느님의 땅
사람을 추수하는 하느님의 밭이어니.

# 겨울 숲

살을 에는 겨울 바람이
산사나무 사이로 질러갈 때
난 무거운 발걸음으로 산에 올라
쓸쓸한 골짜기를 내려다보네.

헐벗은 언덕 넘어
길게 뻗은 황량한 숲속을
햇살이 정숙하게 감싸며
깊은 적막을 달래 주네.

잎이 진 참나무 둘레엔
여름 내내 감겨 올라가던 아름다운 덩굴이 아직도 남아 있고
여름 바람이 고요를 깨뜨리던 그곳엔
이제 수정 고드름만이 달려 있구나.

얼어붙은 항아리에 선 듯

소리없는 샘물이 솟아 나와 강물을 이루고
어디선가 얼음 지치는 날카로운 쇳소리와
사람들의 목소리가 숲을 채우네.

아 슬퍼라! 그 아름다운 시절은 어디로 갔는가.
새들 달콤한 노래 부르고
바람 부드럽고 숲 푸르던 시절
종일토록 노랫소리 그칠 사이 없던 그 시절!

하지만 창백하고 황량한 숲이여!
내게 남은 거친 음악이 들리는구나.
바람을 모아 목쉰 소리로
소리 높여 부르는 그 갈피리 소리.

쌀쌀한 바람, 너 겨울 바람이여!
내 귀는 어느덧 네 노래에 익숙해졌구나.
새해가 열리는 지금 네 노래는
오래도록 내게 힘을 주노라.

# 찰스 강에게*

굽이굽이 풀밭을 돌아
밝고 유유히 흐르는 고요한 강이여!
마침내 그대 바다의 품에 안길 때
비로소 휴식을 찾으리!

4년이나 긴 세월의 온갖 느낌들
때로는 휴식 속에 때로는 투쟁 속에
바라본 그대 물결
인생이 흐르듯 소리없이 흘러만 가는구나.

고요한 강이여! 그대는 내게
깊고 오래 간직될 교훈을 주었지.
그대는 아낌없이 베풀어 주었지만
내가 그대에게 준 것은 노래뿐.

이따금 슬플 때나 병들었을 때
나는 그대 흐르는 물결 바라보았지.

마침내 파도처럼 내 가슴에 밀려오던
그 고요한 아름다움.

내 마음 밝고 즐거울 때도
바라보던 그대 반짝이는 물결
내 마음 더욱 가벼워
그대와 함께 뛰어 놀았지.

꼭 그 이유 때문에
내 그대를 사랑하는 것은 아니며
그대 푸른 물결이
하늘빛을 닮았기 때문도 아니어라.

저 어두운 숲이 그대를 감추고
그대 물결 사라지는 곳에
내 사랑하는 친구들이 살고 있었지.
그러기에 더욱 그 물가를 그리워했지.

그보다도 그대 이름은
내 믿음직한 세 친구의 이름
그 이름 마력같이 그대 곁으로
가까이, 가까이 붙들어 맸네.

내 영혼 언제나 기쁨으로 기억할 친구들!
내 가슴의 화롯불에
남은 불씨를 불 때
떨리는 불꽃처럼 타오르던 친구들!

그대 고요한 강이여!
내 영혼 그대에게 기우는 것은 이 때문
그대 아낌없이 베푸는 자여!
내게서 이 한가한 노래일랑 거두어다오.

---

\* 찰스라는 이름을 가진 세 친구를 위해 쓴 시.

## 인생의 한가운데 서서<sup>*</sup>
―1842년 고향으로 돌아가기 직전 라인 강가에서

내 인생의 반이 벌써 지났는데
세월만 헛되이 흘러가고
젊은 시절 꿈꾸던 것 하나도 이루지 못했구나.
드높은 성벽 위에 노래의 탑 쌓으려던 그 꿈!

결코 게으름이나 쾌락을 쫓지도 않았고
끝없는 초조로 번민하지도 않았건만
다만 나를 죽음으로 몰고 갔을지도 모를
그 슬픔이<sup>**</sup> 아무것도 이룰 수 없게 만들었네!

이제 언덕의 반쯤에 올라 지난날을 돌아보니
황혼에 싸인 희미하고 거대한 도시처럼
그 소리와 모습들 밑에 있네.
연기 나는 지붕들, 부드러운 종소리, 깜박이는 불빛들―

---

\* 단테의 '신곡' 첫줄에서 따옴(Mezzo Cammin).
\*\* 1935년 그의 아내의 죽음.

언덕 위에는 가을 바람에
죽음의 폭포가 천둥치듯 울리는 소리 들리네.

## 한밤에 노래하는 노예

큰 소리로 그는 '다윗'의 '시편'을 노래했다!
흑인 노예인 그는
이스라엘의 승리를,
밝고 자유로운 '시온'을 노래했다.

밤이 이슥한 그 시간에
그는 히브리 시인의 노래를 불렀다.
그의 목소리 하도 곱고 낭랑하여
귀기울여 듣지 않을 수 없었다.

홍해 바닷가에서
'파라오'와 그의 군사들을 멸망케 했을 때
검은 이집트인들에게도 들려주었던
그 승리의 노래, 신의 찬미를.

그의 믿음의 목소리는
내 영혼을 신기한 감동으로 채워 주었고

그 가락은 기쁘고 아름답고
엄숙하고 격렬하면서 슬프게 들렸다.

'바울'과 '시라스'는 감옥에서
부활한 주 그리스도를 노래 불렀고
지진의 강한 팔뚝이
한밤에 토굴 문을 부숴 놓았다.

하지만 아! 어떤 거룩한 천사가
이 노예에게 기쁜 복음福音을 가져다 줄 것인가?
어떤 지진의 강한 팔뚝이
한밤에 그의 토굴 문을 부숴 줄 것인가?

## 경고

조심할지어다! 사자를 붙잡아 짓찢었던
옛 이스라엘인*은 불쌍하게도 눈이 멀어
하늘의 축복인 빛을 볼 수 없었네.
그의 고귀한 힘이 솟아나는 머리털을 깎이고
감옥에서 맷돌을 굴리는 신세가 되어
마침내 바리새인의 술잔치에 뚜쟁이가 되었네.

성전의 기둥에 필사적인 손을 놓고
이를 쓰러뜨리며 스스로 목숨을 바쳤네.
앞 못보는 자를 잔인하게 조롱하던 자들과 함께
눈 먼 노예, 그 불쌍한 사나이
모든 사람들의 놀림감이었던 그가
숨을 거두며 수많은 적을 쓰러뜨렸네.

이 나라에도 불쌍하고 눈먼 삼손이 있네.

---

\* 삼손.《구약성서》,〈사사기〉13~16장 참조.

그의 힘 솟아나는 머리털을 깎이고
쇠사슬에 묶여서 잔인한 술잔치에 끌려나와
용감하게 손을 들고 '연방'의 기둥을 뒤흔드는.
마침내 우리들 거대한 자유의 성전에
보이지 않는 수많은 파괴와 쓰레기가 쌓일 때까지.

## 세레나데[*]

여름 밤의 별들이여!
저 푸른 하늘 멀리
너희 금빛을 감추어라!
그녀가 잠들었단다!
내 아씨 잠들어 있다!

여름 밤의 바람이여!
저기 담쟁이덩굴 휘감기는 곳에
네 부드러운 깃털을 가볍게 접어라!
그녀가 잠들었단다!
내 아씨 잠들어 있다!

여름 밤의 꿈들이여!
그녀에게 말하라, 사랑하는 사람이

---

[*] 극시 〈스페인 학생(The Spanish Student)〉(1843) 가운데 나오는 노래로 주인공 빅토리안이 그의 애인 프레시오자의 침실 발코니 아래서 부른 노래.

선잠 자며 지켜 보고 있다고!
그녀가 잠들었단다!
내 아씨 잠들어 있다!

## 어두운 늪에 숨은 노예

어두운 늪 속에
쫓기는 흑인이 엎드려 있다.
한밤의 막사에선 불이 보이고
이따금 들리는 말발굽 소리와
멀리 경찰견이 짓는 소리.

큰고랭이풀 덤불 속에
도깨비불과 반딧불이 번쩍이고
이끼에 뒤덮인 소나무
시더가 자라고 독이 든 덩굴이
뱀처럼 얼룩진 곳.

사람의 발길 닿을 수 없고
어느 누구도 감히 엄두조차 못내는
푸른 늪의 흔들리는 잔디 위에
울창한 덤불 속에
그는 들짐승처럼 웅크리고 있다.

병 들고 절름거리고는 불쌍한 늙은 노예
상처로 얼룩진 그의 얼굴
이마엔 부끄러운 낙인이 찍힌 채
그의 옷은 망가진 몸을 감추어 주는
너덜너덜한 걸레 조각.

머리 위엔 밝고 고운 하늘
만물이 기쁘고 자유롭기만 하구나.
작은 다람쥐들이 이리저리 내닫고
산새들이 부르는 '자유'의 노래가
온 하늘에 메아리치는구나!

그가 태어난 아침부터
오직 그에게만 내린 괴로운 운명
곡식을 도리깨질하듯
땅에 내동댕이치며
오직 그에게만 내린 카인의 저주여!

# 다리

종소리가 자정을 알리는 한밤에
나는 다리 위에 서 있었네.
어둠에 싸인 교회의 첨탑 뒤로
솟아오른 달이 시가市街를 비추고

발 아래 출렁이는 물결이
달빛을 받아
바닷물 속에 잠긴
황금 술잔처럼 번쩍거렸네.

6월의 아름다운 이 한밤
희미한 안개 속 멀리
아직도 타오르는 아궁이의 불꽃이
달빛보다 더 붉게 빛나네.

길고 검은 뗏목들 사이
흔들리는 그림자가

바다에서 밀려온
조수에 실려 가느니.

소용돌이치며 밀려오는
밤늦게 일어나는 파도
달빛 속을 흐르며
둥둥 떠가는 해초들.

이 목조 선착장에
달려드는 파도처럼
내게도 수만 가지 생각들이 몰려와
눈물 가득 고이게 하네.

아 지나간 옛날
나는 얼마나 자주
한밤에 이 다리 위에 서서
파도와 하늘을 바라보았던가!

아 얼마나 자주
저 썰물의 가슴에 안겨
거칠고 넓은 바다로
실려 가기를 간절히 바랐던가!

그때 내 가슴 뜨거워 진정할 수 없었네.
근심에 가득 찼던 내 삶
내게 지워진 그 짐은
견딜 수 없이 무겁게만 여겨졌느니.

허나 이제 그 모든 것 내게서 떠나가고
모두 바닷물 속에 잠겨
오직 다른 사람들의 불행만이
내게 슬픔을 던져 주네.

언제나 이 목조 선착장이 있는
다리 위로 강을 건널 때면
소금기 나는 바다 냄새처럼
지난날의 생각들이 몰려 오네.

아 얼마나 많은 사람들이
근심과 슬픔의 짐을 지고
그날 이후
이 다리를 건너갔을 것인가.

아직도 끊임없이 오가는
긴 사람의 행렬

뜨겁고도 방황하는 젊은이의 가슴
풀이 죽고 걸음도 느슨해진 노인들!

강물이 끊임없이 흐르는 한
가슴속에 정열이 식지 않는 한
인간에게 슬픔이 사라지지 않는 한
영원히 지속될 이 다리의 행렬!

달빛은 물 위에 빛나고
그 그림자 또한 영원하리.
하늘에는 사랑의 상징
지상에 있는 이 흔들리는 그림자처럼.

## 떠도는 구름에게

오 거대한 오마하*의 추장이여. 그대 이름을 따온
떠도는 구름처럼 어둡고 거무스름한 그대!
그대가 진홍빛 담요를 두르고
사람 많은 좁은 거리를 성큼성큼 걷는 것을 나는 보았지.
마치 강가에 발자국을 남기며 걷는 이름 모를 새들처럼.
그대의 족속들이 남긴 것은 발자국 말고 무엇이 있을까?

대초원의 푸른 잔디를 밟았던 그대 어떻게 이 거리를 걸을 수 있는가?
향기로운 산바람을 들여 마시던 그대 어떻게 공기를 숨쉴 수 있는가?
오 그대 경멸에 찬 얼굴들에 당당히 맞서고
이 벽과 보도들이 웬일이냐고 물으며
그대 사냥터를 되찾고자 한들 헛일.
또한 유럽의 다락방에서도 짓밟힌 수백만의 사람들이

---

*네브래스카 인디언의 한 종족.

굶주리며
   그들도 이 땅의 상속자로 지으심을 입었고
   땅을 나누어 가질 권리가 있다고 동굴에서 소리친들 헛일이로다.

   그러니 돌아가라. 워바쉬**의 서쪽 그대 숲으로 돌아가라!
   그곳에서 그대는 왕으로 군림하라.
   가을이면 단풍잎이 그대의 궁전 마루를 황금으로 뒤덮고

   여름이면 소나무 가지들이 방마다 향기를 풍기는 곳.
   그곳에선, 그대는 힘센 영웅, 말 길들이는 위대한 사람!
   엘크혼*** 강둑으로 혹은 으르렁거리는 러닝워터 강가에서 당당한 수사슴을 쫓던 그대
   오마하 강이 그대를 부르고 블랙피트****의 전사戰士처럼 거친 계곡을 물결치는 그곳!

---

** 인디애나주와 일리노이주를 흐르는 강. 서쪽 오하이오 강으로 흐름.
*** 큰 사슴뿔이라는 뜻.
**** 서부 캐나다의 앨버타 주와 몬타나 주에 거주하는 인디언.

들어라! 저 산간山間의 황무지에서 무슨 소리가 일어나는가를
그것은 여우와 까마귀들의 울음소리인가
아니면 뻐드렁니에 번갯불을 물고
홍인종을 멸망시키려 굴 속에 숨은 거대한 괴물*****의 울음소리인가.

그대와 그대의 종족에겐 까마귀와 여우보다
더 무서운
거대한 괴물의 발길보다 더 엄청난
미주리 강을 향하여 나아가는 저 큰 벼락 같은 카누.
저 무자비한 흐름을 보아라. 저 멀리 대평원엔
밤새 빛나는 캠프의 불길,
잿빛 새벽에 일어나는 먼지 구름은
들소들의 발자취도 만단족의 솜씨 좋은 말 달
리기도 아닌

카만치족이 사는 사막을 희게 물들인 캐러밴!

---

***** 성서에 나오는 하마 같은 거수巨獸(《욥기》 XL:15-24 참조). 까마귀, 여우, 거대한 괴물은 산간의 개울을 가리킨 듯.

아하! 색슨족과 켈트족[******]의 숨결이 일진의 돌풍처럼
 그대 오두막의 희미한 연기를 자꾸만 서쪽으로 몰아갔
구나!

---

[******] 영국과 아일랜드 이민들.

## 화살과 노래

나는 허공으로 화살을 쏘았네.
어딘지 모르지만 땅에 떨어졌네.
너무도 빨리 날아갔기에
눈은 그것을 따라갈 수 없었네.

나는 허공에다 노래를 불렀네.
어딘지 모르지만 땅에 떨어졌네.
날아가는 노래를 따라갈 만큼
누군들 날쌘 눈을 지닐 수 있을까?

먼먼 훗날 참나무에 박힌
부러지지 않은 그 화살을 찾았네.
한 친구의 가슴속에 처음부터 끝까지
남아 있는 나의 노래도.

## 날은 저물고

날은 저물고 어둠이
밤의 날개를 타고 내려오네.
하늘을 나는 독수리의
깃털 하나가 하늘거리며 내려오듯이.

마을의 등불이
비와 안개를 헤치고 어렴풋이 비치고
참을 수 없는 슬픔이
내게 다가오네.

괴로움은 아니더라도
이 슬픔 이 그리움은
안개가 비를 닮듯이
그렇게 서럽기만 하네.

친구여, 나에게 시를 들려다오.
이 불안한 마음 달래 주고

하루의 잡념들을 몰아낼 수 있는
소박하고 정성어린 노래를.

비록 시간의 회랑回廊을 따라
복도를 울리는
위대한 옛 시인들이나
거룩한 대가들의 노래는 아니더라도.

왜냐하면 이들의 장엄한 업적들은
마치 군대의 행진곡처럼
삶의 끊임없는 고통과 수고를 생각케 하기 때문
오늘 밤 내가 바라는 것은 오직 휴식일 뿐.

내게 좀더 소박한 시인의 노래를 들려다오.
여름날 구름에서 소나기 쏟아지고
눈에서 눈물 솟아나듯이
가슴속에서 용솟음치는 그런 노래를.

오랜 세월 고통으로 지냈고
밤마다 편안할 수 없었으나
그의 영혼 속에
아름다운 노래가 들리는 시인의 시를.

이런 노래들은
끝없이 뛰는 근심의 맥박을 잠재우고
기도 뒤에 찾아오는
은총 같은 힘을 지녔네!

자 이제 그대가 고른
보물 같은 시집의 노래를 들려다오.
시인의 아름다운 운율에
아름다운 그대 목소리를 빌어.

그러면 밤은 노래로 가득 차고
하루를 지배하던 근심 걱정은
아랍인들처럼 장막을 거두어 이동하듯이
소리없이 떠나가리니.

## 어느 2월의 오후

하루가 끝나고
밤이 내리는데
늪은 얼어붙고
강도 죽었는가.

잿빛 구름 사이로
빛나는 붉은 해
빨갛게 타는
마을의 창문들.

또다시 눈이 내리고
울타리도 파묻혀
길도 밭도
분간할 수 없네.

풀밭을 따라
무서운 그림자처럼

천천히 지나가는
장례 행렬.

울려 퍼지는
그 슬픈 종소리
내 마음 구석구석
파고드네.

그림자는 길게 늘어지고
내 마음 흐느껴 우네.
장례 종소리처럼
안으로 울려 퍼지네.

## 저녁 별

지는 해 진홍빛으로 물들인 서쪽 하늘
창가에 기대인 예쁜 소녀처럼
저녁 별 빛난다.
사랑과 휴식의 별!
이윽고 빛나는 옷 활활 벗어 던져
저편 어두운 소나무 그림자 뒤로
몸을 누인다. 단잠과 부드러운
사랑의 꿈이 덮쳐
오 내 사랑하는 아리따운 헤스페러스*여!
내 사랑의 새벽 별 혹은 저녁 별!
내 가장 점잖은 아씨여! 하늘의 예쁜 별처럼
밤이면 그대 쉬러 가는구료.
그대 어두운 창가에 불빛이 사라지는구료.

---

* 로마의 신. 저녁 별 혹은 새벽 별의 신. 금성(Venus)을 가리킴.

## 눈〔雪〕 십자가

잠 못 이루는 긴 밤
문득 벽에서 한 상냥한 얼굴이
죽은 지도 오래 된 그 사람* 얼굴이 나를 바라보네.
머리엔 은은한 후광을 두른 채.
이 방에서 그녀는 죽었지. 불에 탄
어느 성자의 순교보다 더 깨끗한 영혼
어느 전설에서도 볼 수 없는
아리따운 여인.
먼 서쪽 나라의 산에는
햇빛도 미치지 않는 깊은 골짜기
그 한 기슭에 눈으로 만든 십자가가 있다지.
내 가슴에 달고 있는 이 십자가가 바로 그것
세월이 흐르고 계절이 바뀌어도
18년 동안 조금도 변함없는 십자가여!

---

* 그의 아내 애플튼이 화상으로 죽었다.

# 2
# 에반젤린

# 에반젤린
## —서시[*]

    여기는 원시림, 소곤거리는 소나무와 솔송나무들이
이끼의 수염을 달고 푸른 옷을 걸치고 희미한 황혼 속에
옛 드루이드[**]처럼 구슬픈 예언의 목소리를 내며
수염이 가슴까지 자란 백발의 하프 연주자처럼 서 있다.
    바위 동굴로부터 깊은 신음소리 내는 바다가 울부짖는
숲 소리에 맞추어 운다.

    여기는 원시림, 그러나 숲속에서 사냥꾼의 목소리를 들은 노루처럼

---

[*] 아카디아의 처녀 에반젤린은 대장장이의 아들 가브리엘 라주네스(Gabriel Lajeunesse)와 결혼할 예정이었으나 인디언 전쟁 중에 영국군이 식민지 보호의 목적으로 프랑스 거주인들을 추방함으로써 이들 연인들은 헤어지게 되었다. 그녀는 가브리엘을 찾아 미시간의 숲속을 방황하다가 늙어 필라델피아에서 수녀의 도움으로 정착하게 된다. 그때 질병으로 신음하는 한 노인을 발견하게 되는데 그가 바로, 그녀가 오랫동안 찾고 있었던 옛연인 가브리엘이었다. 그러나 그가 죽자 그녀도 충격으로 사망하여 그들은 나란히 묘지에 묻힌다. 이 시는 이러한 전설을 시로 옮긴 것이다.

뛰는 심장들은 어디에 있는가?
아카디아*** 농부들의 고향인 그 초가지붕 마을은 어디 있는가?

숲속을 적시는 강물처럼 흘러가는 사람들
흙의 그늘로 거무스름하나 하늘의 형상을 지닌 사람들.
한때 즐거웠던 농토는 황폐하고 농부들은 영원히 떠나갔다.

10월의 거센 바람이 회오리바람처럼 휩쓸며 먼 바다로 흩날릴 때
그들은 먼지와 낙엽처럼 흩어졌다.
남은 것이라곤 아름다운 그랑프레(큰 목장) 마을 전설의 유해뿐.
희망을 가지고 견딜 줄 아는 사랑을 믿는 자여.
여인의 헌신이 지닌 아름다움과 힘을 믿는 자여.
이 숲의 소나무들이 노래 부르는 슬픈 전설에 귀기울이시라.

---

** 기독교 개종 전의 고대 켈트족의 성직자. 재판관, 시인, 요술사 등 역할을 함.
*** 캐나다 남동부 지역.

행복한 마을 아카디아의 사랑 이야기에 귀기울이시라.

## 체념

아무리 지켜 보고 돌보았어도
양떼는 없고 죽은 한 마리 양이 있을 뿐.
아무리 정성들여 보살폈어도
이제 난롯가에 남은 것은 빈 의자 하나뿐.

죽어가는 사람에게 보내는 작별 인사와
죽은 사람에게 보내는 애도가 허공을 메우고
자식을 위하여 슬피 우는 라헬\*의 가슴
위로할 길 없어라!

자 인내하라! 이 극심한 고통은
이 땅에서 솟아나는 것이 아니라
짐짓 하늘의 축복이
검은 상복喪服으로 꾸며 낸 것이니.

---

\* 〈창세기〉 30장 참조. 야곱의 아내로 자식을 낳지 못함을 슬퍼했으나 후에 요셉과 베냐민을 낳음.

안개 속에서도 희미하게 보이는 것
이 지상의 모든 슬픔 가운데서도
장례식의 슬픈 촛불 같은 것
그것이 천국의 먼 등불인 줄 누가 알리.

죽음은 없으리! 죽음처럼 보이는 것도 한때.
숨 쉬는 우리 생명은
영원한 낙원의 외곽일 뿐
그 입구를 죽음이라 부르나니.

그애는 죽지 않았다―우리가 아끼는 아이―**
그애는 더 이상 우리의 보호가 필요없는
예수님이 손수 돌보시는
학교에 갔을 뿐이어니.

천사들이 보호하고 가르치는
그 고요하고 한적한 수녀원처럼
유혹도 없고 죄악의 오염도 없는 곳에서
죽었다는 이 아이는 살고 있으리라.

---

** 이 시는 그의 딸 패니의 죽음을 슬퍼하며 쓴 시.

이 밝은 빛의 세계에서
날마다 이 아이는 무엇을 하고 있을까?
해가 갈수록 어린 마음이 자라는
이 아이의 예쁜 모습을 보아라.

이처럼 우리는 이 아이와 함께 걷고
자연이 베푼 인연을 끊지 못하는데
우리의 기억은 말하지 않아도
그애가 사는 곳에 가 닿는도다.

우리 그애를 다시는 어린 아이로 보지 않으리라.
우리 또다시 황홀하게
그애를 껴안을 때는
이미 어린 아이가 아니니.

하느님 아버지의 집에서
천국의 은총으로 지은 옷을 입은 소녀가 된
아름다운 영혼의 확장만이
그녀의 얼굴을 볼 수 있으리라.

때로는 오래 눌러두었던
그리움과 괴로움 복받쳐 오르면

부푼 우리 가슴 바다처럼 신음하며
진정할 길 없으리.

그래도 우리는 참을성 있게
이 어찌할 수 없는 슬픔을 누그러뜨리리라.
조용히 그 슬픔을 시인하면서
애써 감추지 않으리라.

# 황혼

황혼은 애처로운데 구름은 잔뜩 끼고
거친 바람이 제멋대로 부는데
갈매기 날개처럼
번쩍이는 하얀 바다의 파도.

어부의 오막살이엔
붉은 등불이 켜지고
창가에 보이는 작은 얼굴이
어둠 속을 내다보네.

창에 바짝 붙어 서서
밖을 보는 어린 눈이
어둠 속에 무엇인가
나타나기만 기다리는 듯.

이윽고 창가를 서성이는
한 여인의 그림자

천장에 닿을 듯 땅에 꺼질 듯
흔들리고 있네.

으르렁거리는 성난 바다
차고 거친 밤 바람이여
미친 듯 창을 두들기며
이 어린 아이에게 무슨 이야길 전해 주려느냐?

으르렁거리는 성난 바다
차고 거친 밤 바람이여
어찌하여 이 어머니의 가슴 두들기며
얼굴의 핏기를 앗아가느냐?

## 장작불

우리는 낡은 농가에 앉아 있었다
창문으론 바다가 바라보이고
밤낮으로 차고 축축한 바닷 바람이
맘껏 드나들었다.

멀지 않은 곳에 항구와
낯선 고요한 옛 마을이,
등대와 무너진 성채와
기묘한 갈색 판자집들이 바라보였다.

우리는 작은 방을 가득 채우고 앉아
밤새껏 이야기를 나누었다.
얼굴은 희미하게 잘 보이지 않아도
우리들 목소리만이 어둠을 깨뜨리고 있었다.

우리는 수없이 사라져 버린 옛 경치와
그 옛날 마음에 품었던 생각과 말들

여러 가지 있었던 그때 일들에 대해
누구는 변했고 누구는 죽었노라고 서로 이야기했다.

친구들 가슴에 가득 찬 생각들
이제는 제각기 다른 목표를 가지고
다시는 하나가 될 수 없음을
처음으로 느끼고 괴로워했다.

마음이 그러하니
말조차 무력해지는 법
어떤 것은 덮어두고
어떤 것은 너무 많이 지껄이게 된다.

우리들의 어조가 바로 그런 것
뭐라 할 수 없게 서먹서먹하고
추억 속의 잎사귀들이 어둠 속에서
서걱거리는 소리가 슬프기만 했다.

우리들 입술에서 말이 끊기자
갑자기, 좌초한 난파선의 배 조각으로
피우는 불길이 솟아올랐다.
불꽃은 타오르며 이내 꺼지려 했다.

환히 타오르다 사그라진 그 불꽃처럼
우리는 대양에서의 난파를 생각했다.
돛대는 부러지고
소리치던 목소리는 대답이 없고.

창문은 덜컹거리며
대양은 으르렁대고
거센 바람과 가물거리는 불꽃
이 모든 것이 우리들 이야기와 뒤섞여 있었다.

마침내 이들은
마음속에 떠도는 환상의 일부가 되어
다시는 대답 없는
오래 잊혀진 모험담이 되었다.

오 피어나는 불꽃이여! 갈망하는 가슴이여!
너희들은 서로 같은 핏줄
밖으로는 타오르는 장작불
안으로는 번쩍이며 불타는 생각!

# 모래시계 안에 갇힌 사막의 모래

아랍의 뜨거운 사막에서 가져온
한 줌의 모래
유리 안에 갇힌 '시간'의 스파이
'사상'의 사절使節.

저 사막에선
얼마나 많은 지친 세기들이 불어닥쳤던가!
얼마나 많은 흥망성쇠
얼마나 많은 역사가 기록되었는가.

아마도 이스마엘\* 자손의 낙타들이
족장의 사랑하는 아들을 싣고
이집트를 향하여
밟고 지나갔던 그 사막.

---

\* 〈창세기〉 16장 참조. 아브라함의 아들.

아마도 맨발의 그을린
모세의 발이 짓이겼던,
혹은 파라오의 번쩍이는 수레바퀴들이
내달리며 하늘로 뿌렸던 그 모래.

마리아가 그녀의 품에
나사렛의 그리스도를 꼭 안고
희망과 사랑과 믿음의 순례로
밝게 비추었던 그 광야.

혹은 엔가디의 종려나무 아래
잘 알아들을 수 없는
옛 아르미니아의 찬송가를 부르며
천천히 사해死海의 바닷가를 걷던 은자들.

바소라의 문에서
서쪽으로 걸음을 옮겼던 캐러밴들
운명을 확신하며
굳은 결심을 하는 메카의 순례자들!

이들이 밟고 갔을 그 모래밭!
이제는 이상한 손에 붙들려

이 수정유리탑 안에 갇혀
시간을 재고 있구나.

가만히 들여다보고 있노라니
꿈꾸는 내 눈앞에 좁은 벽이 넓혀진다.
움직이는 모래와 막힘 없는 하늘의
그 드넓은 사막이 펼쳐진다.

그리고 돌풍에 떠받쳐 높이 떠올린
이 작은 황금빛 모래시계는
높고 거대한 돌기둥이 되어
무섭고 두려운 모습으로 버티고 섰다.

끝없는 들판에
지는 해를 가로막고 선
돌기둥과 그 어마어마한 그림자는
전혀 상상도 할 수 없는 일.

어느덧 꿈은 사라지고!
또다시 이 유리벽 안에 불타는 해가
그 뜨겁고 광대한 광야가 갇혀 있다.
반 시간 가량의 모래알이 흘러내렸다.

## 열린 창문

보리수나무 그늘 속에
말없이 서 있는 낡은 그 집
자갈 깔린 입구 통로엔
햇빛과 그림자가 뛰놀고 있었네.

아이들 방 창문은
활짝 열렸는데
아이들 얼굴은
이제 보이지 않네.

문 옆에 서 있는
큰 뉴펀들랜드 개* 한 마리가
다시는 돌아오지 않는
어린 동무들을 찾고 있네.

---

* 캐나다 동해안에 있는 섬으로 그 섬 원산의 큰 개의 일종.

보리수나무 밑에도 거닐지 않고
현관에도 뛰어노는 아이들 보이지 않네.
다만 그림자와 적막과 슬픔만이
온 집안에 감돌고 있을 뿐.

새들은 가지에서
귀에 익은 고운 소리로 울어 대지만
아이들 목소리는
이제 꿈속에서나 들을까.

내 곁에 걷고 있는 이 아이는,
그의 따뜻하고 부드러운 손을
내 손으로 꼭 쥐어주는 까닭을
알 수 없으리!

# 시인들

하느님은 시인들을 지상에 보내어
슬프고 즐거운 노래로
인간의 심금을 울리게 하고
그 노래를 다시 천국으로 가져오게 하였나니.

첫번째 시인은 불 같은 영혼을 지닌
젊은이, 손에는 황금의 수금竪琴을 들고
숲속을 헤매며 시냇가에서
우리들 꿈의 노래를 연주하네.

두번째 시인은 얼굴에 수염을 기르고
장터에 서서 노래를 부르는 이,
깊고 높은 목소리로
청중들의 가슴을 뒤흔들어 놓네.

마지막 세번째 시인은 백발의 노인
어둡고 넓은 대성당에서

장엄한 오르간이 황금의 입으로
통회痛悔를 울릴 동안 그가 노래 부르네.

이 세 시인의 노래를 듣고 사람들은
누가 가장 훌륭한 시인인가 언쟁을 벌였네.
사람마다 제각기 서로 다르게
가슴에 메아리치는 노래 있기에.

그러나 하느님이 말씀하시기를
"내가 보기엔 모두 나름대로 훌륭한 시인,
나는 제각기 재능을 주었노라.
아름다운 노래, 힘을 돋우는 노래, 교훈을 주는 노래를.

이들은 세 개의 힘찬 줄[絃]
우리의 귀를 가락에 잘 맞추면
세 개의 줄은 전혀 잡음도 없이
가장 완전한 조화를 이루리라."

# 하이어워사의 항행
— 〈하이어워사의 노래〉[*]에서

오 자작나무야! 네 껍질을 모두 내게 주렴.
자작나무야! 노란 네 껍질을 내게 주렴.
강물 세차게 흘러내리는 골짜기에 자란
키 크고 당당한 너!
난 가벼운 카누를 만들 테다.
노란 가랑잎처럼
노란 수련처럼
강물 위로 떠갈
재빠른 배를 만들 테다!
"자작나무야! 네 겉옷을 벗어라.
하얀 네 살갗을 덮은 옷을 벗어라.
이제 햇살 따가운
여름이 다가오면

---

[*] 미국과 캐나다 국경의 5대호의 하나인 슈피리어호 남부 연안에 거주하는 인디언족 오지브웨이(Ojibwas) 혹은 치피와(Chippewas)의 한 추장의 이야기를 노래한 시.

네 겉껍질도 소용없지 않니!"
이렇게 큰소리로 하이어워사는
외로운 숲속에서 외쳐 댔다.
물살 거센 타쿠아미노 강가엔
새들 즐거이 노래 부르고
햇님도 잠이 깨어 일어나기 시작했다.
"나를 보아라! 위대한 태양인
나를 보아라!"
자작나무는 아침 바람에
온 가지를 서걱거리며
참을성 있게 속삭였다.
"내 옷을 가져가요, 하이어워사!"
그는 칼을 집어 나무껍질을 고리 모양으로 벗겼다.
가장 낮은 가지 아래
바로 뿌리 윗부분을 잘라 냈다.
마침내 수액이 밖으로 스며 나와
온통 나무줄기를 타고 흘러내렸다.
그는 껍질을 수직으로 쪼개어
나무쐐기로 부풀리고는
줄기로부터 껍질을 온전히 벗겨 냈다.
"오 시더나무야! 네 큰 가지들도 내게 주렴.
튼튼하고 나긋나긋한 네 가지들은

내 카누를 더 단단하게 해줄 거야!"
시더나무 꼭대기에서
두려움에 떨며
싫다고 투덜거리는 소리 들렸다.
그러나 아래로 허리 굽혀 이렇게 속삭였다.
"내 가지를 가져가요, 하이어워사!"
그는 시더 가지를 도끼로 내리쳤다.
그것으로 바로 뼈대를 만들고
두 개의 구부린 활 모양을 만들어 냈다.
"낙엽송아, 너는 네 뿌리를 다오!
질긴 네 뿌리를.
강물이 들어오지 않게
물에 젖지 않게
내 카누를 단단히 묶어 주렴!"
낙엽송은 아침 바람에 떨며
하이어워사의 이마를 수염으로 어루만졌다.
그러고는 슬픔이 잠긴 긴 한숨을
내쉬며 말했다. "다 가져가요, 하이어워사!"
그는 땅속에서 낙엽송의 튼튼한 실뿌리를 뜯어내어
그것으로 곧장 나무껍질을 꿰매고
뼈대를 단단히 묶었다.
"전나무야! 네 향유도 내게 주렴.

네 향고香膏와 수지樹脂를
강물이 들어오지 않게
물에 젖지 않게
이은 자리가 모두 붙게 해다오!"
그러자 키 크고 검은 전나무는
온몸으로 흐느끼더니
바닷가의 조약돌처럼 덜거덕거리며
눈물 머금고 대답했다.
"내 향유를 가져가요, 하이어워사!"
그는 전나무로부터 눈물처럼 흘리는
향고와 수지를 뜯어내어
모든 이음매와 틈을 발라
물이 들어오지 못하게 했다.
"고슴도치야! 너는 깃촉을 다오.
모든 네 깃촉으로 목걸이를 만들고
내 애인을 위한 허리띠와
그녀의 가슴에 달아 줄 두 개의 별도 만들 테야!"
고슴도치는 고목나무의 구멍에서
졸리운 눈으로 그를 바라보며
화살처럼 빛나는 깃촉을 세웠다.
뒤엉킨 수염 사이로 졸리운 듯 속삭였다.
"내 깃촉을 가져가요, 하이어워사!"

그는 땅에서 빛나는 작은 화살 같은
깃촉을 주워 모아 뿌리와 열매의 즙으로
빨강, 파랑, 노랑 물을 들였다.
이들을 그의 카누로 가져가
허리엔 빛나는 허리띠를 감아 주고
뱃머리엔 반짝이는 목걸이를 걸어 주고
가슴엔 눈부신 두 개의 별을 달아 주었다.
이렇게 해서 자작나무 카누가
강가 골짜기
숲 한가운데서 만들어졌다.
그 배에는 숲의 생명이
모든 신비와 매력이
자작나무의 가벼움과
시더의 튼튼함과
낙엽송의 나긋나긋한 섬유질이 깃들여 있네.
그 배는 노란 가랑잎처럼
노란 수련처럼
강물 위를 떠갔네.
하이어워사에겐 노가 소용없네.
빠르고 느리게
오른쪽으로 왼쪽으로
그의 뜻대로 배를 몰고 가네.

# 케임브리지의 교회 묘지에서

그녀가 마을의 교회 묘지에 누워 있네.
그 아름답던 눈에는 흙이 들어가고
이제는 숨도 감각도 움직임도 없네.
그녀의 머리맡에 그리고 발치에
그녀를 시중들던 흑인 노예들도 누워 있네.
그러나 흙은 아랑곳없이 여인의 피부처럼 흰 빛깔.

그녀는 이 세상의 허영과
어리석은 영화를 그토록 사랑하던
지체 높은 가문의 마나님이었던가?
아니면 모든 유산 중에서도
가장 값지고 귀한 기독교도의 자비와
겸손과 겸양을 지녔던가?

누가 우리에게 말해줄 수 있을까!
아무도 말할 수는 없을 거야.
이제는 우리의 이 무례한 질문에

분노나 자존심으로 얼굴 붉힐 일도 없고
그녀 곁에 잠든 사람들에게도
별 신통한 물음도 아닐 것이니.

나중에라도 그녀의 결점, 실수를 찾아내려
그대 끔찍한 삶의 기록을 들추어보겠다고?
아 그때는
그대 자신의 부족함과 절망감으로
그대 스스로 저지른 죄와 두려움 때문에
또 다른 근심에 쌓이리라.

# 햇빛과 달빛

어제는 한낮 정오쯤에
하늘 높이 떠 있는
흰 달을 어렴풋이 보았다.
마치 어린이의 종이연과도 같았다.

어제는 밝은 햇빛 속에서
한 시인의 신비로운 시를 읽었다.
어쩌면 내겐
환상이나 유령처럼 보였다.

허나 마침내 뜨거운 대낮이
격정과도 같이 사라지자
평온하고 고요한 밤이
마을과 골짜기와 언덕 위에 내렸다.

달은 한창
영광스런 영혼처럼

빛을 드러내고
밤을 채우며 넘쳐흘렀다.

그러자 시인의 노래 또한
음악처럼 내 머리를 스쳤다.
밤은 온통 자비와 신비로움을
내게 일러주는 것이었다.

# 잃어버린 어린 시절

이따금 바닷가의
아름다운 내 고향 생각*
마음속에 떠오르는
그리운 옛 고향의 정겨운 길들
내 어린 시절로 다시 돌아가네.
아직도 생각나는 랩랜드**의 노래
"어린이의 꿈은 바람과 같은 것
어린 시절의 꿈은 아득하여라."

눈에 선한 그늘진 가로수들
마을을 둘러싼
번쩍이는 바다
어린 시절 꿈꾸던
그 전설의 섬들

---

\* 롱펠로의 고향인 포틀랜드(Portland).
\*\* 스칸디나비아반도 최북부지역 혹은 북유럽 일대.

아직도 옛 노래의 가락 속삭이네.
"어린이의 꿈은 바람과 같은 것
어린 시절의 꿈은 아득하여라."

시커먼 부두와 선창가
제멋대로 춤추는 파도
입술 위에 수염난 스페인 선원들
아름답고 신비로운 큰 배들
그 바다의 매력을 잊을 수 없네.
지금도 한사코 들려오는 그 노래
"어린이의 꿈은 바람과 같은 것
어린 시절의 꿈은 아득하여라."

눈에 선한 해변의 방파제, 언덕 위의 성채
공허한 소리 내던 해돋이를 알리는 포성
자꾸만 되풀이 울리던 북소리
거칠고도 날카로운 나팔소리.
옛 노래의 그 가락은
아직도 내 마음에 고동치네.
"어린이의 꿈은 바람과 같은 것
어린 시절의 꿈은 아득하여라."

지금도 잊을 수 없는 먼 바다의 전투
얼마나 바다를 진동했던가!
전투에서 죽은 선장들이 그 속에 누워 있네.
지금은 평온한 바다를 바라보며
죽은 그곳에 누워 있네.
지금도 들려오는 그 슬픈 노래 내 마음 울리네.
"어린이의 꿈은 바람과 같은 것
어린 시절의 꿈은 아득하여라."

바람에 살랑이던 숲의 둥근 지붕
디어링즈 우드의 그 그늘 눈에 보이네.
안식일의 종소리와 함께
옛 친구며 첫사랑의 연인들이
비둘기처럼 모이는 조용한 이웃
그 달콤한 옛 노래 가슴 설레게 하네.
"어린이의 꿈은 바람과 같은 것
어린 시절의 꿈은 아득하여라."

어린 마음에 내닫던
그 빛과 어둠
어쩌면 예언과도 같고
거친 그리움 같던

가슴에 간직한 노래와 침묵.
그 미칠 듯한 노랫소리 그칠 줄 모르네.
"어린이의 꿈은 바람과 같은 것
어린 시절의 꿈은 아득하여라."

나 말 못할 사연들이 있네.
사라지지 않는 꿈이 있네.
씩씩한 가슴 힘없게 만들고
두 볼을 창백하게
눈앞을 흐리게 하는 슬픈 생각들
그 피할 수 없는 쌀쌀한 노래
"어린이의 꿈은 바람과 같은 것
어린 시절의 꿈은 아득하여라."

그리운 옛 고향에 찾아가면
이제는 모든 것이 낯설기만 하네.
바람은 옛처럼 맑고 향긋하지만
낯익은 길가의 가로수만이
그림자를 던지며 바람에 흔들리네.
한숨지으며 속삭이는 아름다운 그 노래
"어린이의 꿈은 바람과 같은 것
어린 시절의 꿈은 아득한 옛날이어라."

디어링즈 우드는 새롭고 고와라.
즐거움도 아픔이 되어
거기 내 가슴 떠돌고
사라진 날들의 꿈속에
또다시 잃어버린 어린 시절을 찾았네.
숲은 아직도 그 신기하고
아름다운 노래 되뇌이고 있네.
"어린이의 꿈은 바람과 같은 것
어린 시절의 꿈은 아득하여라."

# 새벽

바람이 바다에서 다가와 속삭였다.
"안개야, 내게 자리를 내주렴."

바람은 배들에게 큰 소리로 외쳤다.
"선원들이여! 항해를 시작하라. 밤이 지나갔으니."

그러고는 부리나케 멀리 육지로 올라가 소리쳤다.
"일어나라! 날이 밝았으니."

바람은 숲에게 말했다. "소리쳐라!
네 이파리의 군기를 내걸어라!"

그러고는 아직도 날개를 접고 잠든 숲속 새에게 다가가 속삭였다.
"오 새야, 그만 잠을 깨고 노래를 부르렴."

이번에는 농장으로 건너갔다. "오 수탉이여,

나팔을 불어라, 날이 밝았으니."

바람은 옥수수 밭에게도 속삭였다.
"고개를 수그리고 다가오는 아침을 기쁘게 맞이하라."

그러고는 종탑으로 달려가 소리쳤다.
"일어나요! 어서 새벽종을 울려요."

새벽 바람은 교회 묘지를 가로지르며 한숨지었다.
"아직은 때가 아닙니다! 그냥 조용히 누워 있어요."

# 눈송이

하늘의 가슴으로부터
흔들리는 구름의 옷자락으로부터
헐벗은 갈색 숲 위에
추수 끝난 쓸쓸한 논밭 위에
천천히 소리없이
부드러운 눈 내리네.

우리의 구름 같은 환상도
어느새 거룩한 모습을 띠고
우리의 근심어린 가슴도
하얀 얼굴 앞에 고해告解를 하며
괴로움에 찬 하늘이
제 슬픔 드러내네.

이것은 천천히 소리없는 음절로 꾸며진
하늘의 시.
이것은 오래 흐린 가슴에 쌓여 있다가

숲과 들에게
속삭이며 밝히는
절망의 비밀.

# 만남

오래 떨어져 있다가
마침내 우리 다시 만나는
이 만남은 기쁨인가,
아픔인가?

인생의 나무는 뒤흔들리고
이제 남은 잎들은 몇 안 되네.
가장 높은 가지 꼭대기에 매달린
두세 개 예언자의 열매처럼.

우리는 옛날처럼
귀에 익은 말씨로 인사를 나누며
비록 말은 않지만 서로 생각하네.
어쩌면 그렇게 늙고 백발이 되었느냐고!

즐거웠던 성탄절
수없이 맞이한 설날 이야기도 나누지만

마음 한구석 어딘가
지금 여기 없는 친구들을 생각하네.

우리는 잘된 친구들과 못된 친구들
그들이 했던 일, 했던 말 주고받으며
죽은 사람들이 살아 있는 듯
산 사람이 죽은 듯 여겨지네.

마침내 우리는
귀신과 손님을 구별할 수 없어
우리들 즐거운 농담 너머로
슬픈 안개와 그림자가 몰래 와 덮이네.

## 아이들

얘들아, 내게 오너라!
너희들 뛰어노는 소리 듣노라니
나를 괴롭히던 의문들이
모두 사라져 버리는구나.

동쪽 창문을 열고
해를 바라보아라.
마음은 노래하는 제비 같고
졸졸 흘러내리는 아침 시냇물 같구나.

너희 가슴엔 새들과 햇빛 깃들고
너희 생각은 흐르는 시냇물 같으나
나는 가을바람
첫눈 내리는 계절

만일 이 아이들이 없다면
이 세상은 우리에게 어떠할 것인가?

어둠보다 더 혹독한
사막만이 남지 않을까 두렵구나.

숲속의 나뭇잎들은
빛과 공기로 양분을 만들고
마침내 달콤하고 부드러운 즙을 만들어
나무를 단단하게 하나니—

아이들도 바로 이런 것
이들을 통하여 세상은
더욱 밝고 빛나네
나무줄기 아래까지 닿도록.

애들아, 내게 오너라!
너희들의 양지 바른 곳에서 울던
새들과 바람의 노래를
내 귀에도 속삭여 주렴.

우리의 모든 계획과
책들이 가르쳐 주는 지혜는
너희 손길과 기쁨에 넘치는
얼굴에 비하면 아무것도 아니란다.

너희들은 지금까지 노래 부른
어떤 시보다 더 아름답구나.
너희야말로 살아 있는 시
나머지는 모두 죽은 것.

## 여론

마술사 마자르반이
서쪽으로 캐세이\*를 여행하는 길에
바두라왕의 칭찬이
자자함을 들었네.

그가 칼레단에 이르렀을 땐
그 소문은 어느덧 사라지고
그곳 사람들은 오직
카마랄자만 왕자 이야기만 하고 있었네.

그래서 시인들은 생각하네.
고을마다 서로 다르기로
바두라왕을 모르는 곳에선
카마랄자만 왕자가 이름난 것을.

---

\* 캐세이(Cathay)는 '거란(Khitan)'에서 유래한 중국의 고영어식 표현.

## 변화

마을 가장자리
낡은 이정표가 서 있는 곳에
이젠 낯선 나그네로
마을을 내려다보며
어두컴컴한 숲의 머리께를 바라보네.

마을이 변했는가?
아니 내가 변했는가?
아 참나무는 아직도 새파란데
덤불 사이 뛰놀던 친구들
세월이 갈라놓았네.

바닷물 여전히 맑게 흐르고
햇빛 또한 변함없건만
아 내겐
이 햇빛 옛 같지 않고
이 파도 옛처럼 뛰놀지 않네.

## 시냇물과 파도

산에서 흘러내리는 시냇물은
옛 노래 부르며
은빛 발걸음으로
금빛 모래 위를 달려가네.

먼 바다엔
사나운 파도가 구르며
바닷가를 따라 노래 부르다가
때로는 동굴 속에서 으르렁대네.

마침내 먼 길 달려온 시냇물이
큰 파도를 만나
그 사납고 모진 가슴을
시원하고 달콤하게 채워주네.

## 그루갈이<sup>*</sup>

여름 들판에 풀은 베어지고
새들 날개 자라 날아간 후
마른 잎사귀들이 온통 길을 덮었다.
눈이 내리고
까마귀는 우는데
우리는 다시 한 번 들판의 풀을 베고
그루갈이를 거두어들인다.

이제 우리가 거두어들이는 것은
향기나는 새로운 풀과 꽃이 아니다.
언덕 위에 만발한 클로버꽃도 아니다.
다만 늪지와 풀밭에 뒤엉킨
잡초 덤불에 섞인 잡동사니뿐
그곳에선 양귀비꽃이 그 씨앗을
고요하고 어두운 늪 속에 떨어뜨린다.

---

*한 번 거둔 뒤에 두 번째 짓는 농사.

# 3
# 마음의 가을

## 초서*

숲속 오두막집에 사는 노인
사방 벽에는 온통 사냥꾼과 사냥매 그리고
사냥개와 상처 입은 사슴의 그림들
새벽 어둠을 헤치고
우중충한 격자 유리창을 통해 비치는
햇살과 함께 노래 부르는 종달새 소리에
귀기울이며 즐겁게 웃음짓고는
여느 선비처럼 그는 글을 쓰네.
이분은 〈캔터베리 이야기〉를 쓴
첫 새벽의 시인
노래로 하여 아름다운 노인. 그의 시엔
닭 우는 소리, 종달새와 홍방울새 울음소리
넘기는 책장마다 갈아 놓은 밭 냄새
꽃에 덮인 풀향기가 솟아오르네.

---

* 영국 최초의 대시인 초서(G. Chaucer, 1340?~1400)를 찬미하는 소네트.

## 셰익스피어

사람들이 북적거리는 도시의 거리
끊임없이 흘러넘치는 사람 사는 모습.
가로街路를 때리는 천둥소리, 전쟁을 알리는 나팔소리
닻을 내린 함대에서 군인들이 상륙하고
어둠 속에 후퇴하는 아우성
포탑에서 울리는 종소리
성 아래에선 어린이들의 고함소리
정원의 담장 너머 향기를 내뿜는 밝은 꽃들!
이 최고 시인의 책을 펼칠 때마다
내게 떠오르는 이런 영상,
모든 시신詩神의 총애를 받은 사람—
시신들은 그의 손에 황금의 수금竪琴을
쥐어 주었고 샘물가에서 신성한 월계관을 씌워
뮤즈의 왕좌에 그를 앉혔도다.

# 키츠

젊은 엔디미온\*은 영원한 엔디미온의 잠을 자고 있다.
우리에겐 반밖에 들려주지 않은 이 목동의 이야기!
엄숙한 숲은 떠오르는 붉은 달을 향하여
황금의 방패를 치켜들고
나이팅게일\*\*이 벼랑에서 소리 높여 운다.
한여름인데도 바람은 차갑구나.
죽음이란 과연 이런 것인가? 양 우리 곁에
목동의 피리가 산산이 부서져 있지 않은가!
보라! 달빛에 번득이는 하얀 대리석 묘비 위에 씌어진 글귀를.
"여기 물 위에 자신의 이름을 적은 시인이 누워 있노라."
이것이 바로 아름다운 노래를 부른 그에 대한
보답이란 말인가?

---

\* 달의 여신 셀레네에 의해 영원한 잠에 빠진 채 그녀의 사랑을 받은 목동. 키츠는 이에 대한 장편 시(1818)를 썼음.
\*\* 26세에 요절한 존 키츠(J. Keats, 1795-1821)는 〈나이팅게일에게 바치는 노래(Ode to a Nightingale)〉를 썼음.

나는 차라리 이렇게 적으리라—
"여기 불꽃 타오르기 전 연기를 내고 꺼져 버린 아마亞麻 천과 꺾여져 상처난 갈대가 누워 있노라."

# 밀턴

나는 파도소리 울리는 바닷가를 거닐며
커다란 놀이 밀려와
하늘 높이 솟았다 갈앉는 것을 바라본다.
멀리 펼쳐진 비단 같은 에메랄드 사이
해는 비치고 아홉 번째 파도가 서서히
층을 이루며 몰려와서는 한폭의 천이 되어
해안에 부딪힌다. 그러고는 창백한 모래밭에
넘쳐서 황금빛으로 바꾸어 놓는다.
그처럼 그대 장엄한 노래의 운율 속에
일어났다 가라앉는 저 거대한 파동.
오 시력을 잃은 시인이여! 영국의 미오니디스*여!
그대 뛰어난 아홉 번째 파도는
늘 높이 솟아올라 노래하는 바다로
우리 영혼에 넘쳐흐르리.

---

* 그리스의 서사 시인 호머.

## 바닷소리

한밤에 잠을 깬 바다
해변의 먼 자갈밭 따라
쉴 사이 없이 몰려오는
파도소리를 나는 듣노라.
깊은 정적을 꿰뚫는 목소리
차츰 커지는 신비로운 그 음향
마치 산기슭에 떨어지는 폭포처럼
가파른 벼랑의 숲을 울리는 바람소리처럼.

우리들의 삶에도 이따금
알 수 없고 가까이 할 수 없는
어느 외로운 곳에서
영혼의 파도가 밀려오는 소리 들리나니
어쩌면 우리들의 영감靈感을 통해
신의 뜻을 넌지시 전하여 주네.

## 여름날의 바닷가

해는 지고 마지막 남은 햇살 속에
호박琥珀색 하늘에 천천히 퍼지는
잿빛과 황금색 구름 조각이
성자聖者의 옷자락처럼 보이네.
희미한 바닷가엔 수많은 등대가
바다의 가로등처럼 빛나고
머리 위에 펼쳐지는 밤의 깃발을 보아라!
하루는 어느덧 꿈 나라로 사라졌도다.

오 즐거웠던 바닷가의 여름날이여!
희고 아름다웠던
즐거움과 고통으로 가득찼던 여름날이여!
그대는 영원히
누구에겐 사라진 기쁨의 비석碑石
누구에겐 새로운 영토의 이정표!

# 파도

나는 길게 뻗은 텅 빈 바닷가를 바라본다.
해초도 모래 위의 조개들도
여기저기 드러난 갈색 바위들도 모두
다시는 밀물이 없을 것만 같이 고요하다.
그러자 갑자기 바다가 큰 가슴을 펴면서
뚜렷하게 숨 쉬는 소리
죽은 듯 고요한 땅 위로
미칠 듯 으르렁거리며 파도가 몰려온다.

나의 모든 느낌과 갈망
사랑과 웃음과 노래의 기쁨이
내게서 영영 떠나 버린 줄 알았더니!
아 갑자기 먼 바다에서
파도는 다시 한 번 아름답고 가슴 벅찬
젊은 시절의 기쁨을 한꺼번에 싣고 오네!

## 잠

바람이여, 나를 잠재워다오.
변덕스러운 그대 목소리 가냘픈 풍금소리* 같구나.
헤르메스가 아르그스의 백 개의 눈을**
수금竪琴으로 깊은 잠에 빠지게 했듯이.

나는 너무 많은 수고로
짓눌려 피곤하구나.
너무 많은 근심으로 마음 산란하구나.
머리엔 쇠로 만든 고뇌의 왕관이 씌워져 있고
그대 부드러운 손을 내 이마와 볼에 얹어다오.

---

\* 아이올리아의 하프(Aeolian harp)란 그리스 신화에 나오는 바람의 신 아이올러스(Aeolus)의 악기로 바람이 불면 저절로 소리를 낸다는 신비한 현악기.
\*\* 헤르메스(Hermes)는 수금(lyre)의 발명자이며 신의 사자使者. 아르고스(Argos)는 백 개의 눈을 가진 목자牧者. 제우스의 아내 헤라는 남편이 아름다운 강의 님프 이오에게 마음이 끌리는 것에 질투를 느껴 아르고스에게 백 개의 눈을 주어 이오를 감시하도록 했으나 헤르메스가 그의 악기로 아르고스를 잠재워 이오를 훔쳐가게 하는 데 성공했다. 아르고스의 백 개의 눈은 공작의 꽁지깃의 무늬가 되었다.

오 평온한 잠이여! 내 고통에서 벗어나
거침없는 숨 몰아 쉴 때까지.
죽음이 큰 신비라면
그대를 신비의 의식儀式으로 불렀던
아 옛 그리스인들의 미묘한 말뜻이여!

# 이름 없는 무덤

"미합중국의 부름 받아 출전한 용사."
소금내 나는 바닷가 뉴포트 뉴스에 있는
이 무명 용사의 무덤 묘비엔
이름도 날짜도 없네. 보초병으로 혹은 척후병으로
전초전前哨戰에서 혹은 비참한 퇴각 중에
총을 맞아 죽었는가.
진지陣地를 뒤흔드는 드높은 포성이
용감한 병사들에게 쐐기를 박았는가.
바닷가 잊혀진 무덤 속에 잠든
그대 이름 없는 영웅이여!
그대 나를 위해 모든 것을 주었고
그대의 생명 그대의 이름을 주었으나
나는 그대에게 아무것도 줄 것 없으니
부끄러워 맥박은 뛰고 이마가 화끈 달아오르네.

## 그림자

나는 혼자 중얼거린다. 나 죽으면
이 아이들은 어떻게 될까?
나만 바라보고 사는 이들의 운명은
어떻게 될 것인가?
이들의 삶이 한 권의 책이라면
나는 처음 몇 장만 읽은 셈
그토록 아름답고 두려움에 가득 찬
그 소중한 나머지 이야기는 읽지 못하리.
하지만 마음을 놓게! 세상은 오래도록
한 세대가 지나면 다음 세대가 오는 것
태양과 함께 한 무리의 그림자도 움직이는 법
이것은 수없이 되풀이된 낡은 이야기
세상은 나중에 오는 사람들의 것
우리가 그랬듯이 그들도 힘과 희망을 찾으리라.

## 자연

다정한 어머니가 해 지면
어린아이 손목을 잡고 잠자리로 데리고 갈 때
마루에 가지고 놀던 부서진 장난감들을 두고
마지못해 어린이는 따라나선다.
그래도 몇 번이고 아쉬워 뒤돌아보면
어머니는 다른 장난감을 사주겠다고
약속하고 달래지만 아이들은 이보다 더
좋은 것 있으리라곤 믿지 않는다.
이와 같이 자연은 우리 인간을 다룬다.
우리들 손에서 하나하나 장난감을 빼앗고는
우리들 손목을 잡고 가만히 쉴 곳으로 데려다 준다.
우리는 너무도 졸려서
가고 싶어하는지 머무르고 싶은지
아는 것보다 모르는 것이 더 많은 줄도 모른다.

## 초가을 달

초가을 달이 마을 지붕 위에
금빛 나는 바람개비 위에
숲속 새들 떠나 버린 텅 빈 둥지 위에
아이들 잠든 방, 커튼 드리운 창문 위에
시골 오솔길과 추수 끝난 들판 위에
그 신비로운 빛 뿌리도다!
우리들의 여름 손님 새들 가버리고
마지막 곡식 실은 수레도 돌아왔네!
모든 것이 상징, 자연의 겉모습은
마음의 영상일 뿐.
꽃과 열매와 낙엽이 그렇듯이.
여름이 끝나자 노래하던 새들 떠나가고
텅 빈 둥지만 남아
낟가리 사이 메추라기가 울고 있네.

# 부러진 노

옛날에 아이슬란드의 호젓한 바닷가를
한 시인이 책과 펜을 들고 거닐며
손에 든 시집을 마무리해 줄
아멘과 같은 아름다운 마지막 한마디를 찾고 있었네.
파도는 일어 모래 위에 부서지고
원을 그리던 갈매기들 멀리 사라져
이따금 구름 사이로 새어 나온 붉은 해가
바다와 육지를 물들이고 있었네.
바로 그때 파도에 밀려 시인의 발끝에 부딪힌
부러진 노 하나, 그 위에 새겨진 문구—
"내 힘써 너를 저을 때 나는 자주 지쳤노라."
그는 마침내 잃었던 것을 다시 찾은 사람처럼
그 말을 적고는 고개를 들어
이젠 소용없는 그의 펜을 바닷물 속에 던져 버렸네.

## 성문 위 누각

당신은 너무 멀리 있어
성문 위 누각에서
이젠 보이지 않습니까?
아들을 잃고 슬피 우는
저 외로운 노인이
—오 압살롬, 내 아들아!*

오래 전 성벽의 도시에
사랑하는 이름을 부르던
한 인간의 비통한 울음소리가
오늘은 저 멀리
사라져 버렸는가?
—오 압살롬, 내 아들아!

---

*《구약성서》, 〈사무엘 하〉 18장 참조. 다윗은 그의 아들 압살롬의 사망 소식을 듣고 슬픔에 못이겨 성문 위에 있는 누각으로 올라가 울며 부르짖었다.

성문 위 누각에는
먼 것도 가까운 것도
여기도 저기도, 이른 것 늦은 것도 없느니.
한 인간의 비통한 울음에도
옛날이 따로 없어라.
─오 압살롬, 내 아들아!

지나간 세월
배를 부수는 성난 바다와
도시의 소음 너머
돌풍처럼 울부짖던 그 목소리
앞으로도 내게 메아리쳐 올 그 목소리.
─오 압살롬, 내 아들아!

탑 위의 파수꾼은 시시각각
절망의 소식 가져오는
사자使者의 배와
다가오는 바쁜 발걸음을 찾고 있느니.
─오 압살롬, 내 아들아!

이젠 돌아오지 않을
그가 문 밖으로 나가고

그와 함께 우리의 기쁨도 사라졌도다
우리의 가슴에 불은 꺼지고
우린 성문 위 누각에 쓸쓸히 앉아 있다.
―오 압살롬, 내 아들아!

흔히 있는 슬픔은
조그만 위안이라도 있으나
우리들의 슬픔은 가장 비통한 상실,
우리들의 슬픔은 가장 무거운 수난,
영원히 울며 부르짖을 그 소리
"내가 너를 대신해 죽었더라면
―오 압살롬, 내 아들아!"

# 파도는 일고 파도는 갈앉고

파도는 일고 파도는 갈앉고
황혼은 어둠에 싸여 갈매기 울고 있네.
촉촉히 젖은 모래밭 따라
발걸음 재촉하는 나그네
파도는 일고 파도는 갈앉고.
지붕에도 담벼락에도 어둠은 깔리는데
바다는, 바다는 어둠 속에서 소리쳐 부르네.
모래밭에 남긴 발자국을 지우는
희고 부드러운 파도의 손길
파도는 일고 파도는 갈앉고.

날이 새자 외양간의 말들은
주인을 향해 발을 구르며 울어대네.
하루는 다시 찾아오지만
바닷가의 그 나그네는 돌아오지 않네.
파도는 일고 파도는 갈앉고.

# 밤

어둠 속으로, 밤의 침묵 속으로
천천히 풍경들이 가라앉아 사라진다.
낮의 환영幻影들도 함께
늘 빛을 따라다니던 만물의 유령들도.
군중들의 소란도, 추구와 도피도
쓸모없는 허영과 자랑도
우리 가슴 먹이로 삼는 동요도 근심도
모두 사라져 버렸다.
이제부터 시작되는 더 좋은 삶
세상은 더 이상 우릴 괴롭히지 않고
우리 삶의 따분한 책으로부터
우린 그 기억을 지워 버린다.
마치 거듭 쓴 양피지\*처럼 하찮은 일들 위에
숨었다 다시 살아나는 이상理想이여!

---

\* 본래 써 있던 글자를 지우고 그 위에 다시 쓴 양피지.

## 마음의 가을

때는 가을, 밖은 아직 겨울이 이르지만
마음은 벌써 쌀쌀하네.
젊음과 봄은 어디에나 있으나
나만이 늙어 버렸구나.

새들은 하늘로 창살처럼 날고
쉬지 않고 노래하며 집을 짓는데
내 외로운 가슴 말고는
삶은 어디에나 약동해라.

조용하구나. 죽은 잎들 떨어져
서걱거리는 소리
곡식 타작하는 소리 그치고
방앗간의 중얼거림도 들려오지 않네.

## 저녁 종

1
파엄숙하고 애처롭게
슬픔을 나누어 주는
저녁 종이
울리고 있네.

이제 꺼져 가는 불씨를 덮고
등불도 끄세.
수고는 아침과 함께
휴식은 밤과 함께 오는 것.

어둠이 창문에 번지고
불은 꺼지고
소리들도 침묵 속에 사라져
모든 발자국들이 물러가네.

방에도 마루에도
목소리들 들리지 않고

잠과 망각이
온 누리를 지배하네.


2
하루가 끝나듯
책을 덮고
글을 쓰던 손으로
밀어 놓으니

책 속의 환상들도
희미하게 잊혀져
재 속의 숯불처럼
어두워지며 꺼져 가누나.

노래는 침묵 속에 가라앉고
이야기도 끝나고
창문들 어두워지고
벽난로는 식어 차갑구나.

차츰 어두워져 가는
검은 그림자

온 누리를 지배하는
잠 그리고 망각.

## 연보

1807년   2월 27일, 미국 메인 주의 포클랜드에서 출생.
1825년   보든 대학 졸업(나다니엘 호손은 급우였음). 졸업과 동시에 모교의 외국어 교수 자격을 얻음.
1826~1829년   교수로 취임하기 전 프랑스, 스페인, 이탈리아, 독일 등을 여행하며 외국어를 익힘.
1829~1835년   보든 대학의 교수 겸 사서司書로 일하면서 잡지에 에세에와 여행기 기고.
1831년   메리 포터와 결혼.
1835년   아내와 함께 2차 유럽 여행 중 아내가 유산 끝에 사망함.
1836년   하버드 대학의 프랑스어와 스페인어 교수로서 18년간 근무함(1854년까지).
1839년   그의 첫 시집 《밤의 목소리(Voices of the Night)》 출간.
1841년   《발라드와 기타 시(Ballads and Other Poems)》 출간.
1842년   노예제도에 반대하는 시들을 묶은 《노예에 관한 시편(Poems on Slavery)》 출간.
1843년   부유한 방적공장 소유주의 딸 프린시스 애플튼과 재혼. 시극 《스페인 학생(The Spanish Student)》 발표.

| | |
|---|---|
| 1845년 | 《브루게스의 종각과 기타 시(The Belfry of Bruges and Other Poems)》 출간. |
| 1847년 | 이야기 시 《에반젤린(Evangeline)》 출간. |
| 1849년 | 《바닷가와 화롯가(The Seaside and the Fireside)》 출간. |
| 1851년 | 극시 《황금의 전설(The Golden Legend)》 출간. |
| 1855년 | 장시 《하이어워사의 노래(The Song of Hiawatha)》 출간. |
| 1861년 | 두 번째 아내가 화상으로 사망함. |
| 1863년 | 《웨이사이드 주막 이야기(The Tales of a Wayside Inn)》 출간. |
| 1865~1867년 | 기분전환을 위해 단테의 《신곡(Divine Comedy)》 번역 출간. |
| 1872년 | 극시 《황금의 전설》을 확대해 《크리스트(Christus)》 완성. |
| 1868~1869년 | 유럽 여행 중 케임브리지, 옥스퍼드 대학에서 박사학위 받음 |
| 1875년 | 시집 《판도라의 가면(The Masque of Pandora)》 출간. |
| 1878년 | 시집 《케라모스(Kéramos)》 출간. |
| 1880년 | 시집 《세계의 끝(Ultima Thule)》 출간. |
| 1882년 | 시집 《항구에서(In The Harbor)》 출간 후 사망. 그의 사망 후 미국 시인으로는 유일하게 영국의 웨스트민스터 사원의 시인 코너에 흉상이 세워짐. |

**옮긴이 윤삼하**

서울대 사범대 영어교육과 졸업. 서울대 대학원 졸업(영어 전공).
한국외대 문학 박사(1986).〈조선일보〉〈동아일보〉신춘문예에 시 당선(1957).
홍익대 영문과 교수 역임.
저서로는 시집《응시자》《소리의 숲》《헐리는 집》,
역서로는《에머슨 수상록》《예이츠 시선》등이 있음.

### 롱펠로 시집

초판 1쇄 발행 / 1988년  9월  20일
2판 1쇄 발행 / 2002년  8월  30일
3판 1쇄 발행 / 2009년  6월  10일
3판 2쇄 발행 / 2014년  6월   5일
4판 1쇄 발행 / 2019년 10월  30일
4판 6쇄 발행 / 2024년  5월  20일

지은이    롱펠로
옮긴이    윤삼하
펴낸이    윤형두
펴낸데    범우사

등록번호  제406-2003-000048호
등록일자  1966년 8월 3일
주소      (10881) 경기도 파주시 광인사길 9-13 (문발동)
전화      031)955-6900~4,  팩스 031)955-6905

잘못된 책은 바꾸어 드립니다.
ISBN 978-89-08-06072-2  04840      홈페이지 www.bumwoosa.co.kr
      978-89-08 06000-5 (세트)      이메일 bumwoosa1966@naver.com